AF454943

CATALOGUE

D'UN

IMPORTANT ŒUVRE

LITHOGRAPHIÉ

DE

GAVARNI

ET

D'ŒUVRES

DE

Honoré DAUMIER

provenant de la Collection de M. J***

Dont la vente aura lieu

à Paris, HOTEL DROUOT, Salle N° 7

Le Mercredi 28 Novembre 1906

à 2 heures précises

Par le Ministère de Mᵉ MAURICE DELESTRE

COMMISSAIRE-PRISEUR

5, rue Saint-Georges

Assisté de M. LOYS DELTEIL, Artiste-Graveur, Expert

22, rue des Bons-Enfants

CONDITIONS DE LA VENTE

Elle sera faite au comptant.

Les adjudicataires paieront *dix pour cent* en sus des enchères.

M. Loys Delteil remplira les commissions que voudront bien lui confier les amateurs ne pouvant y assister ; il se réserve, en outre, la faculté de diviser ou de rassembler les lots.

MM. les amateurs pourront visiter la collection, *22, rue des Bons-Enfants*, du Mardi 20 au Mardi 27 Novembre, *le Dimanche excepté*, de 2 heures à 5 heures.

POUR PARAITRE LE 15 FÉVRIER 1907

Le Peintre-Graveur Illustré

(XIXe & XXe SIÈCLES)

par

LOYS DELTEIL

TOME II consacré à CHARLES MERYON

et contenant la biographie du Maître, le Catalogue raisonné de son œuvre gravé et le fac-similé de toutes les pièces décrites

1 volume in-4° d'environ 200 pages, orné de portraits de MERYON, d'environ 170 fac-simile et d'une eau-forte originale de MERYON.

Justification du Tirage :

40 Exemplaires de luxe avec une eau-forte originale de MERYON (*Le Bain-froid Chevrier*). . . . . **40** francs
400 Exemplaires avec l'eau-forte de MERYON . . **20** —
200 — sans l'eau-forte. . . . . **14** —

A l'apparition de l'ouvrage, le prix en sera porté, pour les exemplaires de luxe, à **50** francs, et pour les exemplaires ordinaires à **25** et **20** francs.

BULLETIN DE SOUSCRIPTION

(A renvoyer à M. LOYS DELTEIL, 22, rue des Bons-Enfants)

Je, soussigné, déclare souscrire à .... exemplaire du Tome IIe du PEINTRE-GRAVEUR ILLUSTRÉ, au prix ...... francs l'exemplaire.

Signature et Adresse :

LETTRE OUVERTE A MM. LES AMATEURS

Nous prions instamment MM. les Amateurs possédant des eaux-fortes de MERYON, de vouloir bien nous les signaler pour notre travail, en nous envoyant la désignation des pièces et des états les plus remarquables renfermés dans leurs collections.

L. D.

DÉSIGNATION

—

GAVARNI

(Guillaume-Sulpice Chevallier, dit)

1. Gavarni. Trois portraits par Gavarni et Boilvin.
2. Abrantès (Mme la Dsse d') (Mahérault et Bocher, 3 RR). Belle épreuve.
3. Bourmancé (4 RRR). Belle épreuve.
4. Berthoud (S. Henry) (9 RRR). Très belle épreuve.
5. Chandellier (Ch.) (17 RRR). Belle épreuve.

6. Arnal (7) — Colon (Jenny) (20) — Dupaty (E.) (22) — Gusicow (38) — Nourtier (Mlle) (55) — Taigny (M. et Mme E.) (63) — Willmen (Mlle) (73). Sept pièces.

7. Gavarni, par lui-même (34) — La Noue (G. de) (44 RR) — Mélingue (49) — Villenave (M. G. T.). Quatre pièces.

8. CÉLÉBRITÉS CONTEMPORAINES EN FRANCE : Napoléon Bonaparte — de Belleyme — Decamps — F. Sauvage — A. de Musset — J. B. Isabey, (75-80). Suite complète de six pièces sur chine.

9. MORCEAUX DE MUSIQUE (91, 92 R, 93, 96 RR, 99, 100, 102, 107, 109, 111 RRR, 113, 114). Douze pièces.

10. MORCEAUX DE MUSIQUE (115 R, 116, 119 RR, 121 RRR, 122 R, 124 R, 125 à 127 R, 128, 130 RRR, 131, 133). Treize pièces.

11. LA ROMANCE, 1834-1835 (134-139), 5 pl. (sur 6), épr. sans marges.

12. LES LIS ET LES ROSES (140-145) Suite de 6 pl. y compris le titre (manque la pl. 5), épreuves sans marges.

13. *Illustrations des Mélodies de Madame Jeanne Gavarni, 1er Dixin* — Paris, Martinet, s. d. (146-155). Suite complète de 10 pl. sur chine en 1 alb. in-fol. dem. rel., *couv. de publ. conservée.*

14. L'ABEILLE IMPÉRIALE (25, 45 69, 2192 - 2197), suite complète des dix pl. sur chine, de Gavarni, publiées dans ce journal et réunies en 1 vol. petit in-fol. dem. rel. (1 pl. est *avant* la lettre).

15. Lithographies de Gavarni, publiées dans l'ARTISTE (156-213). Collection complète (moins les nos 194, 205, 206 et 213), soit 69 pièces. Belles épreuves (un certain nombre sans marges).

16. Le Philtre — Une légende espagnole (205-206). Deux pièces, très-rares épreuves *avant la lettre*.

17. Bagatelle (214-219), 6 pl. (sans marges) — Les Beaux-Arts (220-224), 9 pl. sur chine. Ensemble quinze pièces.

18. La Caricature : La Procession du Diable — Suite de la Procession du Diable, 2ᵉ état — Mˡˡᵉ Monarchie, Félicité, Désirée (227-230). Quatre pièces. Belles épreuves.

19. Les Actrices (231-244). Suite complète de 14 pl. en 1 alb. in-4, dem. rel.

20. Le Carnaval à Paris (251 et suiv. — 398-422). Suite de 40 pl. (manque les pl. 2, 3, 5, 9, 10, 14, 16, 20, 27), soit 31 pièces. Belles épreuves.

21. Le Dimanche (268-272), suite complète de 5 pl. — Les Muses (288-290), suite complète de 3 pl. — Rien n'est bien (303-304), suite complète de 2 pl. — Traductions en langues vulgaires (953-957), suite complète de 5 pl. — Transactions (958-964), suite complète de 7 pl. Ensemble vingt-deux pièces en 1 alb. in-4, dem. rel.

22. Fourberies de femmes, 2ᵉ série (274-284 et 662-702). Suite complète de 52 pl. *coloriées* en 1 alb. in-4 dem. rel. (cassure à la pl. 9).

23. La même série. Suite complète (en noir) en 1 alb. in-4 dem. rel. (cassure à la pl. 1).

24. Fourberies de femmes, pl. 33 (280). Épreuve de correction avec : *Bon à tirer, Gavarni.*

25. Actualités, 2 pl. (287-1208) — Camaraderies (248) — La Campagne, suite de 2 pl. (249), la 1ʳᵉ par L. Noel, d'après Gavarni — Un congé de semestre (310) — Les Martyrs (862-869), suite complète de 8 pl.

(2 sont remontées) — Les plaisirs champêtres (297-300, etc.), suite de 6 pl. (manque pl. 2). Ensemble dix-neuf pièces en 1 alb. in 4 dem. rel.

26. Paris le soir (292-295 — 914-933). Suite de 25 pl. (manque les pl. 1 et 4). Belles épreuves.

27. Revers des médailles (301-302-311), suite complète de 3 pl. — Le Revers des médailles (1904-1904 RR), suite complète de 2 pl. très-rares. — Les Rêves (1198-1203), suite complète de 6 pl. — Croquis fantastiques (480-485), suite complète de 6 pl. — Travestissements grotesques (2040-2045), suite complète de 6 pl. (texte au verso). Ensemble vingt-cinq pièces y compris deux doubles, épr. coloriées, en 1 alb. in-4 dem. rel.

28. Souvenirs de Carnaval (307-309, 2017-2022). Suite complète de 9 pl. Belles épreuves.

29. Le Carrousel (321, 325, 326, 2210, 2211). Cinq pièces. Belles épreuves (sans marges).

30. Les Artistes (332-345). Suite complète de 16 pl. (la dernière ne porte pas le titre : les Artistes) en 1 alb. in-4. dem. rel.

31. Le Bal masqué (347) — Le Diable hors barrière (343) — Le Phonakisticop (948), etc. Vingt-deux pièces *extraites du Charivari.*

32. La Boite aux lettres (348-368 et 1684-1696). Suite complète de 34 pl. en 1 alb. in-4 dem. rel.

33. Le Carnaval (375-397). Suite complète de 27 pl. en 1 alb. in-4, dem. rel.

34. Le Chevalier de Nogaroulet (423-428). Suite complète de 6 pl.

35. Clichy (429-448). Suite complète de 21 pl. en 1 alb. in-4, dem. rel.

36. Les Coulisses (440-470). Suite complète de 31 pl. en 1 alb. in-4, dem. rel.

37. Les Débardeurs (486-542). Suite complète de 66 pl. en 1 vol. in 4. dem. rel.

38. Les Enfants terribles (500-613). Suite de 40 pl. *coloriées* en 1 alb. in-4, dem. rel.

39. La même série (avec le frontispice, sans marges), en noir (manque la pl. 40 — par contre 5 pl. sont doubles) en 1 alb. in-4, dem. rel.

40. Les Etudiants de Paris (614-661, etc.). Suite complète de 60 pl. en 1 alb. in-4, dem. rel.

41. Impressions de ménage, 1re série (704 et suivants), (pl. 1, 3, 8, 11, 14, 15, 18 et 25) — Eloquence de la chair (544 et suiv.) pl. 1, 2, 16 et 18 — Boite aux lettres, s. n° et pl. 11. Ensemble quatorze pièces. Belles épreuves.

42. Leçons et conseils (741-760). Suite complète de 20 pl. Belles épreuves.

43. Les Lorettes (763-841). Suite complète de 79 pl. (la pl. 5 est *avec le texte au verso*) en 1 alb. in 4, dem. rel.

44. Les Maris vengés (842 et suiv.). Suite complète de 18 pl. en 1 alb. in-4, dem. rel.

45. Monsieur Loyal (872-876), 4 pl. d'une suite de 5 pièces — Album de l'Infini (1649-1654), 6 pl. (sans marges). Ensemble dix pièces.

46. Nuances du sentiment (877-901). Suite complète de 25 pl. en 1 alb. in-4, dem. rel.

47. Paris le matin (902-913). Suite complète de 12 pl. Belles épreuves.

48. Politique des Femmes (949-950 — 1180-1197). Suite de 20 pl. (manque la pl. 17). Très belles épreuves.

49. Costumes et modes (951, 2231, 2240) — Journal des Femmes (1210) — Bagatelle (214) — Les Misères (1908, 1910, 1912). Huit pièces (5 *avec texte au verso*).

50. Un couplet de vaudeville (965-970). Suite complète de 6 pl. Belles épreuves.

51. La Vie de jeune homme (971-997, etc.) Suite complète de 30 pl. en 1 alb. in-4. dem. rel.

52. ŒUVRES NOUVELLES : Affiches illustrées (998-1003), suite complète de 6 pl. — Des Mères de famille ! (1076-1080), suite complète de 5 pl. — Faits et gestes du propriétaire (1081-1086), suite complète

de 6 pl. — Gentilshommes bourgeois (1087-1089), suite complète de 3 pl. — Les Parents terribles, pl. unique (1129) — Les Patrons (1140-1141), suite de 2 pl. Ensemble vingt-trois pièces sur chine en 1 alb. in-4, dem. rel.

53. Balivterneries parisiennes (1004-1023 et suiv.). Suite complète de 24 pl. sur chine en 1 alb. in-4, dem. rel.

54. Carnaval (1024-1068). Suite complète de 50 pl. sur chine, in-4, dem. rel.

55. Chemin de Toulon (1069-1075 et suiv.). Suite complète de 10 pl. sur chine en 1 alb. in-4, dem. rel.

56. Impressions de ménage (2e série) (1090-1128). Suite complète de 40 pl. (y compris la pl. 1 bis RRR). sur chine en 1 alb. in-4, dem. rel.

57. Le Parfait créancier (1130-1139). Suite complète de 10 pl. sur chine en 1 alb. in-4, dem. rel.

58. Courrier des Enfants (1143-1147) — Les Femmes (1211) — Journal des Gens du Monde (1212-1216) — Promenade (1231) — Monde dramatique (1234-1238) — Revue des Peintres (1510-1511). Dix-huit pièces (plusieurs sans marges).

59. Le Manteau d'Arlequin (1152-1163). Suite complète de 12 pl. en 1 alb. in-4, dem. rel.

60. Fantaisies (1204, etc.). Neuf pl. (d'une suite de 11). Belles épreuves.

61. *Journal des Jeunes Personnes* : Album de 1833, 4 pl. (complet), 1834, 4 pl. (complet), 1835, 5 pl. (sur 6) (1217-1220). Treize pièces (3 sans marges, les autres pl. sur chine).

62. Masques et Visages : (1230-1500). Les Anglais chez eux, 20 pl. — Bohêmes, 20 pl. — Ce qui se fait dans les meilleures sociétés, 10 pl. — L'École des Pierrots, 10 pl. — Études d'Androgynes, 10 pl. — La Foire aux amours, 10 pl. — Histoire d'en dire deux, 10 pl. — Histoire de politiquer, 30 pl. — Les Invalides du sentiment, 30 pl. — Les Lorettes vieillies, 30 pl. — Manière de voir des voyageurs, 10 pl. — Les Maris me font toujours rire, 30 pl. — Messieurs du Feuilleton, 9 pl. — Les Parents terribles, 20 pl. — Les Partageuses, 40 pl. — Les Petits mordent, 10 pl. — Piano, 10 pl. — Les Propos de Thomas Vireloque, 20 pl. Série complète, avec couvertures, des 329 pièces, contenues en 18 alb. petit in-fol. dem. rel.

63. *Gavarni. Masques et Visages* — Paris, Paulin et Le Chevalier, 1857 — 1 vol. petit in-8 cart.

64. La Foire aux Amours, pl. 2 et 9 (1293, 1300). Deux pièces, très rares épreuves *avant la lettre*.

65. Physionomies de chanteurs (1540-1556), suite complète de 17 pl. — Galerie musicale (1557-1563), suite des 8 pl. — Musiciens comiques et pittoresques (1512-1530), suite complète de 28 pl. soit ensemble cinquante-trois pièces en 1 alb. petit in-fol. dem. rel.

66. A Higland Piper (1567), 2e état, *avant la lettre*.

67. D'après nature (1589-1628). Suite complète de 40 pl. sur chine en 1 alb. in-4, dem. rel.

68. Leuctra et Cap Tœnare (1629) — Trapezonte (1633) — La Brèche de Roland (H[tes] Pyrénées) (2705 RRR). Trois pièces.

69. Amours (1655-1667). Suite de 1 titre et 12 pl. (manque le titre et pl. 1 et 10), soit dix pièces. Belles épreuves sans marges.

70. Les Artistes anciens et modernes (1669-1674), 6 pl. — Les Artistes contemporains (1675-1679), 5 pl. Ensemble onze pièces sur chine.

71. Galerie moderne pl. 10 (par Vogt, d'après Gavarni) et pl. 12 (1648) — Industrie des Enfants (285) — Paris (1916-1921), suite complète de 6 pl. (sans marges) — Des Phrases (264-267), suite complète de 4 pl. — La Politique (1171-1179), suite complète de 9 pl. — Types contemporains (2049-

2053), suite complète de 5 pl. (la pl. 3 est *avant la lettre*). Ensemble vingt-sept pièces en 1 alb. in-4. dem. rel.

72. Études d'Enfants (1716-1725). Suite complète de 12 pl. Très belles épreuves en 1 vol. in-4, dem. rel.

73. Fourberies de femmes, 1re série (1728-1730). Suite complète de 12 pl. en 1 alb. in-4. dem. rel.

74. Causerie (Galerie d'Amateurs) (1740). Très belle épreuve sur chine.

75. LA LITTÉRATURE ILLUSTRÉE : La Jeunesse de J.-J. Rousseau — Jocelyn (1742-1753). Suite complète de 12 pl. sur chine.

76. MASQUES ET VISAGES (nouvelle série) : (1800-1899) Par-ci, par-là, 50 pl. — Physionomies parisiennes. 50 pl. Série complète en 2 alb. in-fol. dem. rel. épreuves sur chine, couv. de publ. conservés.

77. Physionomies parisiennes, pl. 29 et 44, épreuves pour la lettre, transcrite à la plume par Gavarni. Deux pièces.

78. MISCELLANEA (1903, 1904, 1906), 3 pl. rares (d'une suite de 6 pièces), une sans marge.

79. NUITS DE PARIS : Le Lansquenet — Le Foyer — La Chanson de Table (1913-1915). Suite complète de trois pièces gr. in-fol. Très belles épreuves sur chine.

80. Couturière (1918) — Toilette du soir (2625) — La Lecture de l'Artiste (2070) — Bagatelle (216 à 218) Carrousel (320) — Petites figures, pl. 5. Dix pièces. Belles épreuves (plusieurs sans marges).

81. PARIS AU XIXe SIÈCLE (1923-1927), 5 pl. sur 6 (4 sans marges) — SOUVENIRS D'ARTISTES, 2 pl. (2014-2015). Ensemble sept pièces.

82. Les Parisiens (1928-1939). Suite complète de 12 pl. sur chine en 1 alb. in fol. dem. rel.

83. La même série, moins la pl. V, épreuves pour la lettre, transcrite à la plume par Gavarni.

84. Les petits bonheurs des demoiselles (1966-1973), suite complète de 8 pl. *avant les n°* — Petits jeux de société (1974-1979), suite complète de 6 pl. — Les Petits malheurs du bonheur (936-947), suite complète de 12 pl. Ensemble vingt-six pièces en 1 alb. in-4, dem. rel.

85. *Suite de petites Figures* — Paris, Rittner 1829 (1941-1965 RR). Suite de vingt-quatre pl. (manque la pl. 23), soit 23 pièces dans la couv. de publication.

86. La même suite, moins les pl. 4, 7, 18, 21 à 24, soit dix-sept pièces dans la couv. de publ.

87. Marchand de lunettes — Marchandes de cerises (1980-1982 RR). Deux pièces d'une suite de 3, la seconde sur chine.

88. Petits travestissements (1983 RRR). Très belle épreuve du 2ᵉ état.

89. Petites scènes diaboliques. (1984 RRR). Très belle épreuve.

90. Petits fashionables (1985 RRR), 1 feuille du 2ᵉ état et découpures de l'autre feuille.

91. *Rustic groups of Figures studies*, London, 1854. (1995-2000 RRR). Titre et suite complète de six pl. imp. sur teinte, en 1 alb. in-fol. dem. rel.

92. Scènes de la Vie intime (2008, 2010, 2011 RRR). Trois pièces (la 1re rognée).

93. Les Toquades (2020-2048) RRR). Suite complète de 20 pl. sur chine, sans aucune lettre, en 1 alb. in-fol. dem. rel. — On y a joint : *Les Toquades illustrées par Gavarni. Etude de mœurs par Ch. de Bussy*, Paris, *Martinon*, s. d. 1 vol. gr. in-8, dem. rel. coins.

94. Déjeuner de garçon — Promenade (2062-2063 R). Deux pièces. Très belles épreuves.

95. La croix de Jésus (2066 RR). Belle épreuve, la gorge de la femme *découverte*.

96. Les Bals masqués (2058, 2060, 2061, etc.), suite complète de 7 pl. (2 d'après Gavarni) — Les Bosses (369-374), suite complète de 6 pl. (épr. avec texte au verso) — Interjections (1166-1169), suite complète de 4 pl. (la 1re avec le titre de série : SURPRISES). Ensemble dix-sept pièces en 1 alb. in-4. dem. rel.

97. Mœurs conjugales (2060-2117), suite complète de 60 pl. — Les Canotiers parisiens (969-988), suite complète de 20 pl. soit 80 pièces en 1 alb. in-4. dem. rel.

98. La Recherche de l'Inconnu (2071 RR) (sans marges). — Magicienne (2090) — Prélude (2134), sans marge — Orientale (2137), épr. sur chine. Trois pièces.

99. Quand on attend sa belle (2124 RRR). Très belle épreuve.

100. Mercier ambulant (2125 RRR). Très belle épreuve sur chine.

101. La même pièce. Très belle épreuve, tirée en *sanguine*.

102. L'Echarpe (2130 RRR). Superbe épreuve.

103. Départ pour la Promenade (2148 RRR). Superbe épreuve.

N° [illegible] du Catalogue.

104. La Chasse (2164 RRR). Très belle épreuve sur chine.

105. La Corde (2177 RRR). Très belle épreuve.

106. Le Futur (2181 RRR). Très belle épreuve.

107. Mesdames de la Halle (2187 RRR). Très belle épreuve sur chine.

108. Les Forts de la Halle (2188 RRR). Très belle épreuve sur chine.

109-110. Le Carrousel (2214, 2221, 222) — Chronique de Paris (2293) — La Mode (2388, 2389, 2394) — Le Monde dramatique (2405, 2406). Neuf pièces. Belles épreuves (plusieurs sans marges).

111. Histoire du Costume en France (2241-2251), pl. 1 à 4, 7 et 9 (sans marge) — Costumes et modes publiés dans le *Charivari* (2253 à 2256, 2259 à 2262, 2264 à 2266, 2268), 15 pl. avec *texte au verso*. Ensemble vingt-et-une pièces.

112. Costumes d'Humann (2258, 2267) — Novembre 1837 (2380). Trois pièces, très rares épreuves *avant la lettre*.

113. Costumes d'Humann (2235, 2238, 2308, 2402, etc.). Douze pièces (6 *extraites du Charivari*).

114. Souvenirs du Bal Chicard (2272-2291). Suite complète de 20 pl. en 1 alb. in-4 dem. rel.

115. *Travestissements Parisiens* (2300 et suiv.), suite complète des 8 pl. de Gavarni, appartenant à cette série. Belles épreuves.

116. Fashionables (2331-2342), 6 pl. d'une suite de 12. Belles épreuves.

117. Costumes et modes (2346, 2350 à 2368). Vingt pièces (sans marges).

118. La Mode, 1re pl. (2387). Belle épreuve.

119. Musée de Costumes (2407-2508, etc.). Cent-six pièces par Gavarni (manque les pl. 118, 120, 126,

159 et 287), soit cent une pièces auxquelles on a joint 4 pl. de la même série par un anonyme, en 1 vol. gr. in-8, dem. rel.

120. Nouveaux Travestissements (2509-2586), pl. 1, 4, 15, 16, 20, 22, 25, 27, 28, 30, 37 à 46, 48 à 52, 55, 56, 58 à 68, 70 à 72, 74 à 79, 81 à 90, soit cinquante-sept pièces.

121. Nouveaux Travestissements : Alsacienne (2536). Très rare épreuve *avant la lettre* et avec l'annotation *manuscrite* suivante : *un peu plus ferme. Bon à tirer. Gavarni.*

122. Petits travestissements (2588-2589). Deux pièces partagées en deux.

123. Physionomie de la population de Paris (2590-2601 RR.). Suite de douze pl. très rares (manque la pl. 12). Très belles épreuves (*coupées au dedans des filets*).

124. Psyché, Journal de modes, pl. 133 et 244 (2603, 2610). Deux pièces, une sur chine.

125. Costumes mobiles sur figurine, affiche (2611 RRR). Très belle épreuve.

126. Costumes historiques pour Travestissements (2627-2630). Couverture et suite de 12 estampes (manque la pl. 3 — par contre la 1re pl. 7 RRR s'y

trouve) — La même suite, dans un encadrement ornementé, suite complète, soit ensemble 24 pl. en 1 vol. in-4, dem. rel.

127. Costumes d'Humann (2651-2652). Deux pièces.

128. Paysanne des Pyrénées (2657 RRR). — Travestissement de fantaisie (2661 RRR) — Modes (2672 RRR). Trois pièces fort rares.

129. Tour d'Ancizan (Vallée d'Aure) (2828 RR). Très belle épreuve.

130. Le Juif errant, affiche gr. in fol. Belle épreuve.

131. FANTAISIES PAR GAVARNI, titre (en double) et 50 pl. coloriées (appartenant aux séries suivantes : La Boite aux lettres, les Lorettes, Impressions de ménage et Fourberies de femmes) en 1 alb. petit in fol. obl. couv. avec gauffrages ; sur l'un des feuillets de garde, une poésie *manuscrite* de Gavarni : *J'aimai jadis ; j'aimai beaucoup de belles...*

132. Planches diverses. Dix-neuf pièces.

133. J'étais bon chasseur autrefois. Eau-forte (9 RR). Très belle épreuve.

134. Buste d'homme (12 RRR). Très belle épreuve.

135. Un Ouvrier. Eau-forte en 4 états, le premier porte l'inscription manuscrite : *Eau-forte de Gavarni lui-même que j'ai simplement fait mordre. Le cuivre avait reçu une simple préparation de gouache sur laquelle Gavarni avait fait son croquis, E. Boilvin.*

136. *Douze nouveaux travestissements par Gavarni. Gravés sur acier par Portier* — Paris, 1850 — 1 alb. broch. pl. coloriées.

137. La Partie d'Echecs — La Promenade — L'Etude de paysage — Le Maître de musique — Une route dans le fossé — La Loge d'avant-scène. Six pièces par Léon Noël, Weber et Julien. Belles épreuves, deux sur chine.

138. Modes, gravées par Nargeot, Desmadryl et Trueb, d'apr. Gavarni. Neuf pièces, une *avant la lettre*.

139. Sujets divers, d'après Gavarni. Soixante pièces.

140. Vignettes d'après Gavarni pour *Perles et Parrures Gil Blas*, les *Petits bonheurs*, *Musique et musiciens*, etc. Soixante-quinze pièces.

141. Fumés des illustrations de Gavarni pour *Ce qui reste d'un ballet d'Enfants*. Réunion de vingt-huit pièces sur chine volant, gravées par Gerard et montées en 1 vol. in-4, dem. rel. coins.

142. Fumés des illustrations de Gavarni pour les *Contes du chanoine Schmid* (Royer, 1843). Réunion de cent trente-cinq pièces sur chine volant, gravées par Birouste, Cherrier, E. Montigneul, etc., et montées en 2 vol. in-4, dem. rel. coins.

143. Fumés des illustrations de Gavarni pour les *Contes fantastiques d'Hoffmann* (Lavigne 1843). Réunion de deux cent six pièces sur chine volant (sauf deux avec texte au verso), gravées par Brevière et Novion et montées en 2 vol. in-4, dem. rel. coins.

144. Fumés des illustrations de Gavarni pour les *Français peints par eux-mêmes* (Curmer 1841-42). Réunion de soixante-neuf pièces sur chine volant (sauf une), gravées par Lavieille, Guillaumot, Louis, etc. et montées en 1 vol. in-4, dem. rel. coins.

145. Fumés des illustrations de Gavarni pour *Gavarni in London* (Londres, 1849). Réunion de quarante-sept pièces sur chine volant gravées par Vizetelly et montées en 1 vol. in-4, dem. rel. coins.

146\. Fumés des illustrations de Gavarni pour la *Grande Ville*, par Paul de Kock (1842-43). Réunion de soixante-et-une pièces sur chine volant (sauf une), gravées par Andrew, Best et Leloir et montées en 1 vol. in-4, dem, rel. coins.

147\. Fumés des dessins de Gavarni publiés dans *L'Illustration* (1848-51). Réunion de soixante-dix pièces sur chine volant, gravées par Andrew, Best et Leloir, et montées en 1 alb. in-4, dem. rel. coins.

148\. Fumés des illustrations de Gavarni, pour le *Juif errant*, par Eugène Süe (Paulin, 1845). Réunion de cinq cent quatre pièces sur chine volant, gravées par Andrew, Best, Leloir, Hotelin et Regnier et montées en 4 vol. in-4, dem. rel. coins.

149\. Fumés des illustrations de Gavarni pour le *Musée Philippon*. Réunion de trente-neuf pièces sur chine, gravées par Cherrier, Delduc, Maurisset, etc., et montées en 1 vol. in-4, dem. rel. coins.

150\. Fumés des illustrations de Gavarni pour les *Physiologies* suivantes : Débardeur 52 pl. — Ecolier 59 pl. — Grisette 55 pl. — Lorette 58 pl. — Provincial à Paris 59 pl. — Tailleur 59 pl. Réunion de trois cent quarante-deux pièces sur chine, montées en 6 alb. in 4, cart. de fantaisie.

151\. *La Correctionnelle, petites causes célèbres, études de mœurs populaires au Dix-Neuvième Siècle accompagnées de cent dessins par Gavarni* — Paris. Martinon, 1840 — 1 vol. in-4, cart.

152\. *Les deux Miroirs, par J. P. Schmit, illustrations de MM. Gavarni, C. Nanteuil, Français, Schlesinger, J. P. Schmit, De Beaumont, Bertrand (de Chalon)* — Paris, A. Royer, 1844 — 1 vol. in-8, dem. rel. coins.

153\. *Les Français peints par eux-mêmes*, 108 pl. gravées sur bois par Lavieille, Guilbaut, Birouste, etc. (en feuilles).

154. *Les Petits bonheurs par M. Jules Janin, illustrations de Gavarni* — Paris, Morizot, 1857 — 1 vol. in-8, dem. rel.

155. Recueil contenant diverses illustrations de Gavarni, fumés et épreuves avec texte au verso — Tête d'Androgyne (5 RR) eau-forte de Gavarni, 2ᵉ et 3ᵉ états — Extrémité du Bois de Boulogne, eau-forte de Bracquemond, les figures gravées par Gavarni, fort rare (H. B. 159) — Croquis à la plume et à la mine de plomb, d'après Gavarni. Ensemble trois cent quinze pièces montées en 1 vol. in-4, dem. rel. coins.

156. *Les douze Mois, dernière œuvre de Gavarni* — Paris, A. Marc, 1870, couverture, titre (la date grattée) et suite complète — 1 vol. in-fol. dem. rel.

157. Gavarni, par Eugène Forgues et Georges Duplessis — 2 plaquettes dem, rel. et cart. — Catalogue de l'œuvre lithographié de Gavarni, par Mahérault et Bocher.

LES BONS BOURGEOIS

Vous êtes toujours galant !....
— N'êtes vous pas toujours jolie !......

DAUMIER (Honoré)

158. Le Boulevard (Hazard et Loys Delteil 238-247). 9 des 11 pl. publiées dans ce journal (*texte au verso*). [illegible]

159. Planches extraites de la *Caricature* et de la *Caricature provisoire*. Vingt-deux pièces.

160. *Album des Charges du Jour*, frontispice et suite complète de 30 pl. en 1 alb. in-4, obl. cart.

161. Les Baigneurs (627 et suiv.), (pl. 2 à 5, 9 à 12, 16, 18, 19, 21, 23, 24 et 30), soit quinze pièces. Belles épreuves.

162. Les Banqueteurs, pl. 10 — Les Etrangers à Paris, pl. 9 — Les Femmes socialistes, pl. 2 — Infirmités humaines — Professeurs et moutards, pl. 6 et 18, Les Parisiens, pl. 4 — Paris l'hiver, pl. 1 — Les Philantropes du jour, pl. 5 — La Pêche, pl. 7 — Bohémiens de Paris, pl. 27. Onze pièces. Belles épreuves.

163. Les Bas-bleus (685 et suiv.), pl. 3 à 7, 9, 17, 18, 20, 26, 33, 35, 38 et 39, soit quatorze pièces. Belles épreuves.

164. Les Beaux jours de la vie (725-825), 31 pl. (d'une suite de 100). Belles épreuves.

165. Les Bons bourgeois (854-935), pl. 29 à 35, 37 à 48, 54, 59, 64, 65, 67, 68, 70, 71, 73, 74, 82, soit trente-et-une pièces. Belles épreuves.

166. *Ces bons Autrichiens, album par Daumier et Charles Vernier*. Couverture et suite complète de 30 pl. en 1 alb. in-4 obl. dem. rel. coins.

167. Le Chapitre des Interprétations (1101-1110), pl. 3, 5, 6, 9 et 10. Cinq pièces. Belles épreuves.

168. Les Cosaques pour rire, 14 pl. en 1 alb. in-4 obl. dem. rel. coins.

169. Croquis musicaux (1443-1459), pl. 1, 3, 8 à 14, 16 à 18bis, soit treize pièces. Belles épreuves.

170. Les Gens de justice (1848-1886), pl. 1, 3 à 12, 15 à 36, soit trente-trois pièces. Belles épreuves.

171. Histoire ancienne (1001-1050), pl. 3, 6, 8, 9, 11, 13, 14, 18, 20 à 22, 29 à 33, 37, 38, 44, 45, 47 et 48, soit vingt-deux pièces.

172. Idylles parlementaires (1951-1966). Suite de seize pièces (manque la pl. 16), soit quinze pl. Belles épreuves.

173. La Journée du célibataire (1998-2009). Suite de 12 pl. (manque la pl. 4), soit onze pièces. Belles épreuves.

174. Les 12 Mois (384-386), suite des 3 pl. par Daumier. Belles épreuves.

175. Monomanes (349, 2125-2131). Suite complète de huit pièces. Belles épreuves.

176. Les Musiciens de Paris (350-355). Suite complète de six pièces. Belles épreuves.

176 *bis*. Les Papas (2143-2165), suite complète de 23 pl. (la pl. 22 est avec le *texte au verso*) — Pastorales, pl. 26 à 50 (2241-2265) — Bohémiens de Paris, (826-852), pl. 1 à 25 (sur 27) — Emotions parisiennes (1630-1660, etc.), suite complète de 50 pl. soit ensemble 123 pièces en 1 alb. in-4, dem. rel.

177. La Pêche, pl. 1, 2, 4 et 5 — La Chasse, pl. 6, 7 et 9 — Croquis de chasse, 15 pl. Ensemble vingt-deux pièces. Belles épreuves.

178. La Pêche — La Chasse — Quand on a du guignon — Mœurs conjugales — Robert Macaire, 2ᵉ série — Les Canotiers parisiens — Les Baigneurs — Les Baigneuses — Actualités — Vulgarités — Scènes d'atelier — Les Alarmistes et les Alarmés, etc. Cent dix pl. réunies en 1 alb. in-4 cart.

179. Physionomie de l'Assemblée (2307-2337). Suite de trente-et-une pièces (incomplète des pl. 18 et 21), soit vingt-neuf pièces. Belles épreuves.

180. Proverbes et Maximes (2449-2460). Suite complète de 12 pièces.

181. Le Public du Salon (2462-2472), pl. 1 à 6, 8, 9 et 12. Neuf pièces (d'une suite de 11). Belles épreuves.

182. Physionomies tragico-classiques, pl. 5, 9, 13 à 15 — Les Comédiens de Société, pl. 1, 4 à 6, 11 à 13, 15 — La Comédie humaine, pl. 2 et 3 — Croquis dramatiques, pl. 3 — Croquis de théâtre — Soirées parisiennes. Dix-huit pièces.

183. Les Représentants représentés (Constituante). Suite de 52 pl. (incomplète des pl. 1, 3 bis, 4, 5, 28, 29, 31, 32, 33), soit quarante-trois pièces. Belles épreuves.

184. Les Représentants représentés (Législative). Suite de 37 pl. (incomplète des pl. 2, 4, 7, 8, 9,

11 à 15, 17 à 21, 22 à 25), soit dix-neuf pièces. Belles épreuves.

185. Scènes parlementaires (2546-2550), pl. 2, 3 et 5. Trois pièces. Belles épreuves.

186. Silhouettes, pl. 7 — Scènes grotesques, pl. 3 — Les Saltimbanques — Revue caricaturale, pl. 9, 24, 25 et 37 — Les Cinq sens, pl. 1 à 3 et 5 — Coquetterie pl. 4, 6, 7 et 10, soit quinze pièces. Belles épreuves.

187. Tout ce qu'on voudra (2586 et suiv.), 44 planches. Belles épreuves.

188. Types Parisiens (337 et suiv. — 2710 et suiv.) pl. 6, 11, 14, 16 à 19, 28, 31, 36, 39, 42, 44, 46 et 48, soit quinze pièces. Belles épreuves.

189. Vulgarités (381 et suiv. — 2751-2756). Suite de dix pl. (manque pl. 3), soit neuf pièces. Belles épreuves.

190. Actualités (années 1848 à 1851, etc.), 200 pl. hors-texte.

191. Planches extraites de diverses séries. Soixante-dix neuf planches hors-texte. *Ce n° sera divisé.*

192. En-têtes du Charivari — Robert-Macaire — Représentants représentés. Cinquante-huit pièces *extraites du Charivari.*

193. Le Carnaval, poésie de Gavarni — Je n'ai jamais tant ri qu'à l'enterrement de la fille à Bourdin. Deux pièces. (Texte au verso).

194. Séries diverses. Six cent cinquante pièces *extraites du Charivari. Ce n° pourra être divisé.*

195. Les Cent et un Robert Macaire — Paris, Aubert s. d. (frontispice de C. Nanteuil, 1839) — 1 vol. in-4, dem. rel. coins, couv. conservée.

196. Les Cent Robert Macaire — Paris, au Journal pour rire, s. d. (frontispice de C. Nanteuil) — 1 vol. petit in-4, dem. rel. coins.

IMPRIMERIE

FRAZIER-SOYE

153-155-157, Rue Montmartre

PARIS

www.ingramcontent.com/pod-product-compliance
Ingram Content Group UK Ltd.
Pitfield, Milton Keynes, MK11 3LW, UK
UKHW021034260726
13994UKWH00005B/2136

9 782329 393650